Olga

Geneviève Brisac

Olga

Illustrations de Michel Gay

Mouche de poche
l'école des loisirs
11, rue de Sèvres, Paris 6ᵉ

© 1990, l'école des loisirs, Paris
Composition : Sereg, Paris (Bembo 18/24)
Loi numéro 49.956 du 16 juillet 1949 sur les publications
destinées à la jeunesse : octobre 1990
Dépôt légal : septembre 1991
Imprimé en France par Aubin Imprimeur à Poitiers

Pour Alice

Chapitre 1
LES CROISSANTS

C'est dimanche. Pendant que sa sœur Esther fait ses devoirs, et que les parents dorment ou font semblant, Olga s'ennuie. Soudain, elle a une bonne idée.

«Maman, je peux aller à la boulangerie toute seule?»

«Promets-moi...» dit la voix engourdie de maman.

Olga n'écoute aucune phrase qui commence par « promets-moi ».

« Je vous achète des croissants et des bonbons, j'ai mon argent. »

Olga dit « croissants » très fort, et « bonbons » très doucement, mais le tout distincte-ment.

En tournant le ver-rou de la porte, elle a une impression délicieuse. L'ascenseur, c'est comme un voyage en ballon.

Dans le passage, le dimanche matin, pas de chien à l'horizon. Olga prend son souffle, c'est comme décoller ses fesses du bord de la piscine et entrer dans l'eau, un autre monde.

Au milieu du passage, il y a une rigole, Olga marche bien dedans, un pied exactement devant l'autre, c'est très dur.

Mais pourquoi les parents ont toujours peur ? La peur d'Olga, c'est qu'il ne se passe rien. Si ça continue, elle n'aura rien à raconter quand elle sera grande. Déjà qu'elle oublie tout. Elle se demande comment fait sa grand-mère pour se souvenir de toutes les histoires qu'elle raconte sur sa vie quand elle était petite, les vacheries que lui faisait son frère Eugène. C'est incroyable tout ce qui lui arrivait.

De l'autre côté du boulevard, Olga aperçoit Sylvain, un copain de la crèche, et la crèche, c'était vraiment le bon temps, on ne faisait que s'amuser.

Olga adore Sylvain.

Sylvain est avec son père, ils font la queue devant l'autre boulangerie, où les croissants sont meilleurs, mais Olga n'a pas le droit d'y aller, parce qu'il faut traverser le boulevard.

«Je ne vois pas comment les parents s'en apercevraient.»

Sylvain crie:

«Olga!»

Il est sur son vélo, son père plié en deux tient le vélo par la selle, et Sylvain qui fait le singe dessus. Olga ne les regarde pas.

Elle invente une chanson:

« C'est moi, je suis Cendrillon
mais j'ai perdu ma chaussure,
ils ne me reconnaîtront
jamais. »

Il faudrait que ça rime en *on*. Olga regarde ses pieds. Ça lui donne une idée :

« C'est moi, je suis Cendrillon
mais j'ai perdu mon chausson,
aussi jamais les garçons
ne me reconnaîtront. »

Quand on compose une petite chanson, les jambes marchent toutes seules.

« C'est moi, je suis Cendrillon
je fais encore le ménage
et je trouve plus mon chausson
mais j'attends le mariage
car le prince sait mon nom. »

En pensant au mariage, Olga
marche dans le caniveau. Ses charen-

taises roses sont trempées. Un mariage volant, voilà ce qu'il faudrait. Sans vraiment s'en apercevoir, Olga a traversé le boulevard. Olga SAIT qu'elle fait quelque chose qui est interdit. Mais elle arrive à ne pas y penser. Comme s'il y avait deux Olga.

Elle est très occupée à snober Sylvain et son père qui ont fini de faire leurs achats à la boulangerie. Olga fait comme si elle ne les voyait pas, elle s'approche très lentement, elle s'arrête même, pour compter son argent, des pièces de deux francs, de un franc et deux de dix francs, et pour regarder ses pieds comme des flaques.

Le père de Sylvain a entraîné le fils et le vélo.

Le cœur très joyeux, Olga pense : « on est quand même merveilleusement bien SEULE dans la rue », et elle attend patiemment son tour dans la queue, devant la boulangerie interdite.

« Sept fraises, cinq fils de coca, six bananes, deux capsules, dix nounours,

et un malabar, et sept croissants, s'il vous plaît!»

Les mains de la boulangère s'emmêlent, elle est supergentille, mais elle ne sait même pas les noms de ses bonbons.

«Quand je serai boulangère, je mettrai les bonbons à la hauteur des enfants, dans des bocaux comme ceux où on met les coquillettes. Il y aura des distributeurs de glaces et de bonbons dans le magasin, et d'ailleurs je vendrai aussi des jouets que je fabriquerai.»

Olga sifflote sur le chemin du retour.

L'aventure, c'est ce petit vent qui vous soulève les cheveux quand on sautille. C'est génial.

Quand elle fait le code de l'im-
meuble, elle a quand même l'impression que le vent s'arrête. Il y a
une sorte de nuage un peu
embêtant juste au-
dessus de sa tête.
Dans l'ascenseur,
l'impression se
précise, un petit
pincement, trois
centimètres au-dessus
du nombril. Il y a
quelque chose qui
cloche.

Olga pense au plateau qu'elle va
préparer aux parents. C'est quand
même pas mal d'avoir une petite fille

qui vous apporte le petit déjeuner, croissants et confiture.

En travers de la porte qui s'entrouvre, papa, furieux, qui occupe toute la place, comme un ogre.

« Qui t'a permis ? »
Il lui donne une claque et le

sac de croissants tombe.

Olga sent la rage et le chagrin inonder sa figure. On est gentil et on est condamné, sans procès, sans rien. On ne peut jamais rien faire dans la vie. Olga a le hoquet tellement c'est injuste. Elle regarde son père en plein dans les yeux et elle dit : « J'avais demandé. » Et puis elle s'enfuit dans sa chambre, sans essayer de savoir ce qui s'est passé, comment ils ont pu savoir qu'elle est allée à l'autre boulangerie et qu'elle a traversé.

Quand on est grand, on peut faire tout ce qu'on veut, et tout ce qu'on trouve à faire, c'est dormir tout le temps et embêter ses enfants. « Quand je serai grande, je me marierai jamais. »

Devant la porte, Esther, qui a onze ans, donne l'explication : « T'as été beaucoup trop longue, alors ils se sont inquiétés. »

Esther écrit sous la dictée d'Olga une grande affiche :

TOUT EST GÂCHÉ

Olga fait des dessins, des cailloux, des étoiles aux branches crochues, des figures de parents barrées de rouge, des cages.

Chapitre 2
LE MESSAGE DANS UN PANIER

Olga est punie.

C'est malin, quand on n'aime que le dimanche. A quoi ça sert de vivre, si c'est pour être enfermée dans sa chambre quand on n'a rien fait ? Olga gronde ses deux poupées, des im-béciles.

« Le féminin d'imbécile, c'est

imbécelle!» crie-t-elle à Esther qui grommelle quelque chose comme:

«Ah, ah, très drôle.»

Olga organise les fiançailles de Geppetto et du Chaperon rouge, deux marionnettes. Elle leur verse un peu d'eau sur la tête, mariage pluvieux, mariage heureux. La mauvaise humeur ne passe pas.

Olga jette par terre son livre de Hansel et Gretel.

«Je ne vois pas comment Gretel peut avoir des joues pareilles, énormes et roses, alors qu'elle est abandonnée parce qu'il n'y a rien à manger chez elle, et elle est forcément maigre, avec des jambes comme

des allumettes. » Olga adorerait avoir

des jambes très maigres, et surtout avec aucun poil. Sur les livres, les petites filles n'ont jamais de poils sur les jambes.

Olga regarde par la fenêtre, et colle son front contre le carreau. Prisonnière. La mauvaise humeur s'envole.

Elle crie : « Esther, viens, j'ai une bonne idée ! »

Esther passe sa tête. On peut compter sur elle, même si elle

s'énerve quelquefois. Elle dit : « Chut.
Papa a dit que chacun reste chez soi. »

« Tu veux une frite ? » dit Olga.
Elle ouvre sa boîte ar-
gentée, une boîte aux
trésors héritée d'un
cadeau que les pa-
rents ont reçu, une
bouteille de Chivas.
C'est le coffre à bonbons
d'Olga.
« Tu peux me prêter
un de tes petits paniers ? »
Olga remplit le panier de poupée
avec deux frites et deux fraises pas
trop vieilles, elle attache une ficelle à

l'anse. Esther commence à compren-
dre.

«Qu'est-ce que tu veux que j'écrive?»

Olga a pris une feuille, elle dessine une princesse avec des manches ballon, un décolleté et un diadème, et un petit bébé au milieu du ventre, dans un rond.

«On met:

SAUVEZ-MOI, AU SECOURS,
JE SUIS PRISONNIÈRE.»

Esther fait chaque lettre d'une couleur différente, Olga dessine des cœurs, des paquets cadeaux avec leur nœud, des soleils.

Elles se bagarrent pour installer le message dans une petite poche de plastique scotchée.

«Faut qu'on se camoufle», dit Esther.

Elles sortent les lunettes et les bonnets de ski et se cachent au coin de la fenêtre.

Le panier est expédié.

Du deuxième étage, on voit tout très bien.

Il pleut, les bonbons ramollissent. On aurait dû les protéger.

Les deux frites flottent déjà à la surface du panier, mais le message est intact.

«Superbonne idée, le sac plastique», dit Olga.

Une vieille dame passe, c'est la voisine d'en face ; elle donne un petit coup de canne dans le panier, mais elle n'y touche pas. Les filles tremblent.

Après, personne pendant un temps fou. Et puis un chien qui renifle. Des fiancés, qui ne voient rien.

Olga sent qu'elle redevient triste.

«Pourquoi personne ne lit le message ? Ils ne s'intéressent donc à rien ?»

«Ça ne m'étonne pas», dit Esther.

«Sûrement», pense Olga, «quand il pleut, les gens se dépêchent, mais c'est moche, on pourrait mourir, ils s'en fichent, ou quoi?»

Esther lui file un grand coup de coude dans le ventre.

«Regarde: Sylvain, son père et son vélo. Ça va être marrant!»

Olga remonte la ficelle à toute vitesse.

« Pas question », dit-elle. « Sylvain, je l'adore trop. »

« Et alors, qu'est-ce qu'on fait ? » demande Esther. « T'es vraiment une lâche, Olga ! »

« Ce que j'aimerais, c'est devenir pêcheuse », dit Olga. « T'imagines, on aurait une canne à pêche chacune, et plein d'asticots. On habiterait au bord de la rivière, et les fenêtres donneraient sur la rivière. On pourrait même plonger des fenêtres. »

Esther cherche un truc sur Lauren Bacall dans un dictionnaire. C'est toujours pas la peine de répondre à Olga, elle parle toute seule.

«Quand je serai plus punie, on pourrait déménager», dit Olga.

Les frites et les fraises ont fait une mare rouge sur la moquette de la chambre d'Olga.

«T'aurais intérêt à déménager ton mille-pattes, t'as vu la tache? Mets-le dessus», conseille aimablement Esther.

Chapitre 3
LE JOURNAL INTIME

Esther s'est enfermée dans sa chambre. Elle écrit son journal intime. Il pleut.

Olga aimerait qu'on fasse quelque chose. Qu'on joue à la maîtresse, par exemple. Ou alors, lire le journal d'Esther, mais Esther l'enferme toujours à clé, et elle cache la clé dans un endroit secret, dans une boîte qui ferme à clé.

«Sûrement elle dit des trucs sur

moi», pense Olga. « Moi aussi, je vais faire mon journal. »

Olga aussi a un journal intime.

Au début, il ne lui a pas plu, parce qu'il y a des renards dessus.

« Ça fait un peu bébé, je trouve. Les grandes personnes même gentilles font ce genre d'erreurs, il faut réfléchir quand on fait un cadeau. Ce que je préfère dans la vie, c'est faire des cadeaux. »

Olga écrit :

JOURNAL INTIME D'OLGA
DIMANCHE 6 FÉVRIER 1990.
PARIS, MA CHAMBRE.

Ouf. C'est tuant d'écrire ; les idées

s'en vont pendant qu'on dessine les lettres. Olga a essayé de dicter à son papa, mais il n'est pas patient. Il est beau, mais pas patient. Et puis il écrit trop mal, pas du tout comme la maîtresse. On ne peut pas lire après.

«Je me demande comment ils font à son bureau. Ils n'osent pas lui dire.»

Olga écrit :

Sale journée. Il pleut. On fé rien. Si javé des chats. Jen veu 2. Miki *et* Cléo.

Elle les dessine.

Olga court dans la
chambre de papa qui
lit en dormant un peu.

«Tu veux que je te lise
mon journal?»

Elle se tient droite. Le
livre ouvert dans les mains, le menton
levé.

Elle lit.

«Bon d'accord», dit papa. «Mais
pourquoi deux chatons?»

«Parce que j'ai trouvé deux
noms.»

«Tu sais», dit maman, «il y a un
problème avec les chats.»

« Il y a *toujours* un problème avec *vous* », dit Olga qui a cru un moment que les parents avaient raison de dire que c'est très utile de savoir lire et écrire. Utile pour avoir deux chats par exemple.

« Tu n'étais pas née », dit maman, « il y a très longtemps, il y a eu un chat dans cette maison. Il s'appelait Joseph. C'était une chatte. Le problème, c'est que Joseph adorait papa, et que papa n'adorait pas Joseph. Alors papa passait son temps à courir dans la maison et à fermer les portes derrière lui pour éviter les câlins de Joseph. »

Olga imagine.

« Génial. »

« Pourquoi j'ai pas connu ça ? C'est injuste. Pourquoi j'ai pas connu Papipaul, et pas connu le chat ? »

Papipaul, c'est le grand-père paternel d'Olga. Il est mort il y a longtemps. Il est dans le ciel. Olga n'est pas tout à fait sûre de cette histoire de ciel.

Elle se sent triste de nouveau.

Pourquoi on est obligé de mourir ?

Pourquoi on est obligé de faire ce qu'on n'a pas envie de faire ?

Olga regarde ses parents d'un air menaçant :

« En tout cas, si on ne peut *jamais* faire ce qu'on veut, ça vaut *vraiment* pas la peine de commencer. »

Papa est un peu ému. Il dit : « Les chats, il n'en est pas question. Si tu veux, on peut aller tout de suite t'acheter des poissons. *Deux* poissons. »

Maman dit : « Tu peux les appeler Cléo et Mitzi, si tu veux. »

« Miki ! » dit Olga dignement. « Et c'est des noms de chat. »

« Je peux conduire, papa, je peux me mettre devant ? »

Papa trouve qu'il a été assez faible.

comme ça. Il a
toujours peur
d'avoir des
filles mal
élevées.

Il dit :
« Arrête,
Olga, tu
me fatigues. »

Olga se met derrière lui et lui met
les mains sur les oreilles. « Comme ça
je ne te fatigue plus ? »

En fait, elle aimerait mieux lui
mettre les mains sur les yeux. Mais
ce n'est peut-être pas le moment
idéal.

Le Quai de la Mégisserie est mieux que le Jardin des Plantes. Il y a de tout.

Olga essaie de se faire acheter un bébé chimpanzé.

«Je lui donnerai son biberon, je te le jure, même si j'ai horreur de promettre.»

Il y a un petit cochon chinois.

«Faut que tu me l'achètes, papa, je suis un cochon chinois. C'est mon signe, maman me l'a dit. On sera des amis. Je n'ai aucun vrai ami.»

«*Deux poissons,* s'il vous plaît!» demande papa.

Le marchand a mis les poissons dans un sac en plastique transparent avec de l'eau. Olga leur fait des vagues. Il y en a un avec une étoile sur le front – si on peut dire qu'un poisson a un front – et l'autre a une tête de bouledogue qui s'écrase contre la paroi du sac dans les tournants.

Olga est assise à l'avant. Une reine. Le bonheur s'est posé sur la voiture.

«Je vais les appeler Marc et Françoise.»

«Tu trouves que c'est des noms de poisson?» demande papa intéressé.

Au retour, Olga se remet à son journal intime.

PARIS, LA NUIT.

Marc et Françoise aime bocou leur bocale.

Ils ont un roché, des gravié bleu et jaune. Ils mange enormement. Je leur en done dè qu'ils monte à la surface de l'au.

«Esther!» appelle Olga.

«Viens, tes poissons peuvent

nager seuls trois minutes! On va regarder *Les Petits Malins.* »

« Tu sais », raconte Esther, « moi
aussi j'ai eu un poisson, quand tu
n'étais pas née. Snoopy. Il a eu une
mort horrible. Il s'est suicidé en sau-
tant de son bocal, et on a mis des
heures avant de le retrouver. Maman
m'a aidée à l'enterrer dans une grosse
boîte d'allumettes, dans un pot de
fleurs sur la terrasse. J'avais fait une
petite croix coloriée avec deux
allumettes et un élastique. Mais tu ne
sais pas le plus bizarre: quand j'ai
ouvert le frigo le soir, Snoopy était
là, dans une petite assiette. Maman a

dit que c'était pas lui. Que c'était une sardine. »

Olga rêve. Marc et Françoise, ça peut pas leur arriver, ils peuvent pas être tristes, ils sont amoureux.

Olga écrit dans son journal :

JOURNAL INTIME D'OLGA
DIMANCHE 6 FÉVRIER 1990.

Y en a un peu marre de ce journal mais quand on a commencé quelque chose, il faut le finir.

Marc et Françoise je vous aime.

J'aimerai bien mangé des sardines. Y en a jamé à la maison.

Chapitre 4
LE DIMANCHE SOIR

« C'est qui ton amoureux ? »

Dans la baignoire, Esther et Olga se font face.

En plus, il y a la bassine rouge, qu'Olga aime se mettre sur la tête pour faire une cabane, plusieurs flacons de shampooing vides qui servent à la bataille navale, et l'eau est principalement à l'extérieur de la baignoire.

Esther ne répond pas. Et puis, pour embêter Olga qui prend vraiment trop de place, elle dit: «C'est mon secret!»

Olga lui pince la jambe, elle crie, elle éclabousse.

Et puis d'un coup, elle se met à pleurer.

«Pourquoi j'ai pas de secret, moi? Je VEUX un secret. J'ai aucune idée de secret.»

«Je ne peux pas t'en donner», explique Esther, «ce serait pas un secret.»

Elle sort vite, on entend maman qui crie. Le dimanche soir, elle pense que c'est très important de suivre un horaire et des rites très précis. Et on n'y arrive jamais.

Olga met sa tête sous sa bassine.

Elle se concentre sur sa dent qui bouge. Tout le monde sait qu'elle bouge, donc ça fait pas un secret. Pourvu qu'elle tombe tout de suite ! Olga serre les poings et les genoux pour que ça arrive : enfin une dent de tombée, ce serait quelque chose dans cette journée nulle.

« Evidemment, comment est-ce que je peux grandir, avec un nom pareil ? Olga, ce n'est qu'un nom de petite fille. »

Dans le couloir maman crie.

Pourquoi faut-il que cette mère

crie tout le temps alors qu'elle est très gentille ?

De sous sa bassine, Olga entend maman qui s'agite, prépare les habits pour demain matin, et met le couvert du dîner.

Elle crie : « Je veux pas y aller. Pourquoi on est obligé d'aller à l'école ? »

Personne n'écoute, c'est comme d'habitude.

Alors Olga s'allonge dans la baignoire et se retourne, la figure dans l'eau. On a l'impression d'être un poisson, et elle retient sa respiration, en regardant les trucs qui flottent entre deux eaux.

Elle n'entend pas bien le cri de maman.

Quand maman la tire de l'eau, elle se fait toute molle. C'est génial de sentir l'inquiétude qui a monté d'un coup.

Maman secoue Olga, l'embrasse et la gronde : « Tu es folle ou quoi ? Tu trouves ça drôle ? »

Olga se blottit. Esther apporte ses charentaises roses, un livre pour lui raconter une histoire. Ensuite, toutes les deux, elles mettent le couvert, en chantonnant. C'est exquis.

L'ambiance du dîner est exquise. On se croirait juste après une catastrophe quand tout s'est arrangé. C'est doux et chaud, et les paroles sont toutes rondes et sucrées. «J'adore quand on s'aime tous», dit Olga, en aspirant les spaghettis à la sauce tomate.

Olga pense qu'elle peut essayer encore de les convaincre, maman et Esther, de changer de vie, dès aujourd'hui.

«Mais pourquoi on doit toujours

faire les choses qu'on n'a pas envie de faire ?»

Maman dit : «Vous desservez la table, les filles, je regarde les infos.»

Esther et Olga débarrassent la table, c'est délicieux d'être des petites filles modèles, de temps à autre.

«Ne t'inquiète pas, maman, on s'occupe de tout. Va t'asseoir ! Tu veux qu'on t'apporte quelque chose ?»

En dansant, Olga glisse les assiettes dans le lave-vaisselle, et Esther lui fait une révérence en lui tendant l'éponge pour la table.

En regardant les petits pots dans

le frigo, rem-
plis d'un tas
de restes as-
sez impossi-
bles à iden-
tifier, Olga
sent que ça
y est, l'Idée
est en train
de venir.

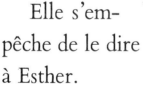

Elle s'em-
pêche de le dire
à Esther.

« ENFIN JE VAIS AVOIR UN SECRET »
pense-t-elle, en se courbant quand
elle passe devant le divan où maman s'est abattue pour regarder

le journal télévisé. Olga transporte un entonnoir, une vieille bouteille de limonade, sa bassine rouge et divers flacons de la salle de bains dans sa chambre. Plus personne ne l'entend.

Esther et maman bavardent.

« Quelle tranquillité ! » dit maman, inquiète.

« Je peux te réciter mon allemand ? » demande Esther.

On entend la petite cloche de montagne qui sert à Olga pour faire des annonces.

Esther et maman frappent à la porte de la chambre.

Olga a mis une casquette, un petit tablier et a installé une caisse.

«Il faut payer», dit-elle. «Ensuite les consommations sont gratuites.»

Dans trois petits gobelets transparents, il y a un liquide rose grumeleux, avec des taches grises.

«Vous êtes au centre de distribution de la potion magique grâce à laquelle on n'est plus jamais obligé de faire ce qu'on n'a pas envie de faire», dit Olga, un sourire épanoui sur son visage radieux. «C'est dix francs, comme quand on perd une dent.»

«Trop cher», dit Esther.

Maman demande un prix famille, une réduction. Olga accepte dix francs pour les deux.

«Tu verras, maman, je t'achèterai un très beau cadeau avec l'argent que j'aurai gagné. J'aurai le temps puisque c'est fini, plus d'école.»

Ecole. Le mot a rappelé d'un coup maman à ses devoirs.

«Vous avez vu l'heure?» crie-t-elle. «Vite, les dents, et au lit.»

Olga est horriblement déçue.

«Mais puisque je te dis que c'est de la potion magique. La recette, c'est mon *secret*. J'ai caché la bouteille, mais là, ces gobelets, c'est pour vous, pour que vous aussi vous fassiez ce que vous voulez.»

«Ce que je veux», dit maman, pas drôle, «c'est que mes filles se couchent.»

Alors là, Olga est écœurée. Elle dit : « Vous êtes tous des menteurs, on ne peut jamais rien faire dans cette maison. »

Elle se fourre très profond dans son lit, elle pleure.

Maman s'apprête à sortir de la chambre, tout le monde sait que pleurer c'est excellent pour s'endormir.

« Heps, maman, oublie pas de me lire un livre », dit Olga, qui trouve qu'elle s'est fait suffisamment rouler toute cette journée.